हवलदार बहादुर
और
उस्ताद पैंड्रो
चित्रांकन: बेदी
लेखक: विनय प्रभाकर
पिछले केस में हवलदार बहादुर ने सेठ धीरेन्द्र चोपड़ा की सुपुत्री मालती चोपड़ा के अपहरण-कर्ताओं को गिरफ्तार कराया था। इस कारनामे के कारण उनको पुनः नौकरी पर बहाल कर दिया गया था। यही नहीं, सेठ धीरेन्द्र चोपड़ा ने अपनी ओर से उन्हें पच्चीस हजार रुपए का नकद इनाम भी दिया। और इनाम की यही रकम हवलदार बहादुर के घर में झगड़े का कारण बनी हुई थी, क्योंकि उनकी पत्नी ने सारी रकम अपने कब्जे में ले ली थी।
मैं कहता हूं इनाम की रकम मुझे वापस कर दे।
एक पाई नहीं दूंगी। वह सारी रकम मेरी है।
तेरी क्यों है, क्या तूने बदमाशों को पकड़ा था?
पकड़ा तो तुमने ही था, लेकिन मैं तुम्हारी पत्नी हूं, इसलिए रकम पर मेरा हक बनता है।
तेरा कोई हक नहीं बनता, शराफत से रकम लौटा दे, वरना ...।
श्रीमतीजी तुरंत बेलन उठा लाईं।
वरना क्या कर लोगे? सिर फोड़ दूंगी बेलन से।
तुरंत ही हवलदार बहादुर ठंडे पड़ गए।
तू हिंसा पर क्यों उतर आती है भागवान। बातों से भी तो फैसला हो सकता है।
फैसला तो हो चुका है।

कैसा फैसला?
यही कि उस रकम से मैं अपने लिए गहने खरीदूंगी और एक साड़ी लूंगी, पूरे पांच हजार की।
आय... हाय! पांच हजार की साड़ी पहनेगी। सूरत देखी है अपनी फटे खरबूजे जैसी।
चुप!
पत्नी इतनी जोर से चिल्लाई कि हवलदार बहादुर कांपकर रह गए।
तुमने मुझे फटा खरबूजा कहा। अब तो उस रकम में से तुम्हें कुछ नहीं मिलेगा। पहले मैंने सोचा था कि जब अपने लिए साड़ी खरीदने जाऊंगी तो तुम्हारे लिए भी दो कच्छे और बनियान खरीदूंगी, लेकिन अब नो कच्छा नो बनियान। समझे!
भाड़ में गए कच्छे और बनियान। मुझे यह बता कि तू इतनी कीमती साड़ी और गहनों का क्या करेगी?

दावत में पहनकर जाऊंगी। सेठ रामलालजी के यहां एक बड़ी पार्टी होने जा रही है। उनकी पत्नी ने मुझे भी बुलाया है। वहां सब स्त्रियां कीमती कपड़े और गहने पहनकर आयेंगी। मैं भी पांच हजार की साड़ी पहनकर जाऊंगी। इससे तुम्हारा ही नाम होगा। सब यही तो कहेंगे, देखो हवलदार बहादुर की पत्नी कितनी जम रही है?
इससे बातों में जीतना मुश्किल है। और अगर गुस्सा किया तो यह बेलन से पीट देगी। इसलिए अब पच्चीस हजार की रकम को भूल जाना ही बेहतर है।
ठीक है, जो तेरी मर्जी आए कर।
दो दिन बाद सेठ रामलाल जी की कोठी पर–
आओ बहन!
आ तो गई हूं, लेकिन और कोई मेहमान नजर नहीं आ रहा।
तुम जरा जल्दी आ गई हो बहन। पार्टी आठ बजे शुरू होनी है।
क्या करती? यह साड़ी और गहने पहनने के बाद मुझसे घर में रुका ही नहीं गया।

ड्राइंगरूम में आने के बाद—
तुम यहां बैठो बहन, मैं जरा नहाने जा रही हूं। तब तक तुम चाय पियो। दूसरे मेहमान भी थोड़ी देर में आने शुरू हो जायेंगे।
उधर कोठी के गेट पर एक वैन आकर रुकी।
किससे मिलना है आपको?
जरा इसे बताओ, हमें किससे मिलना है?
अगले ही क्षण—
ढिशुम
आह!
बेहोश दरबान को उठाकर उन्होंने कोठी के लॉन में ला पटका।
सेठ की पत्नी के अलावा घर में दो नौकर और होंगे। उन्हें भी बेहोश कर दो।
तभी भीतर से एक नौकर बाहर निकला—
ए, कौन हो तुम...?

उत्तर उसे कुछ इस प्रकार मिला —
आह!
धाड़
ताड़
यह भी बेहोश हो गया है।
आह!
शोर सुनकर दूसरा नौकर बाहर आया, लेकिन—
ढिशूम
ऊफ!
चलो, अब सेठ की पत्नी को देखते हैं।
चारों बदमाश एक साथ ड्राइंगरूम में प्रविष्ट हुए।
यही है सेठ की पत्नी।
आ...ई... ई...!
एक बदमाश झपटा।
आवाज निकाली तो जान से हाथ धो बैठोगी।

इसका मुंह बांध दो और बाहर ले चलो।
बदमाशों ने हवलदार बहादुर की पत्नी को कुछ बोलने का अवसर ही नहीं दिया था।
गाई... गाई...!
फिर उसे धकेलकर गेट पर खड़ी वैन तक लाया गया।
चलो, बैठो अंदर।
हवलदार बहादुर की पत्नी को वैन में बिठाकर बदमाश रवाना हुए।
रास्ते में—
मिसेज रामलाल, हम आपको कोई नुकसान नहीं पहुंचायेंगे। हमने आपका अपहरण इसलिए किया है ताकि आपके पति से फिरौती की रकम वसूल कर सकें।
मिसेज रामलाल! ओह! यह तो मुझे सेठजी की पत्नी समझ रहे हैं। ये मेरा मुंह खोलें तो इन्हें सच्चाई बताऊं।

लेकिन तुरंत ही उसके मस्तिष्क ने कहा—
नहीं, अगर इन बदमाशों को यह पता चल गया कि मैं सेठ की पत्नी नहीं हूं तो क्रोध में यह मेरी हत्या कर सकते हैं। मुझे चुप रहना चाहिए और इनके चंगुल से निकलने की कोई तरकीब सोचनी चाहिए।
उधर सेठ रामलाल के दफ्तर में—
घर से फोन आया होगा।
ट्रिन... ट्रिन...
हैलो!
सेठ रामलाल, हमने तुम्हारी पत्नी का अपहरण कर लिया है। अगर तुम उसे जिन्दा वापस चाहते हो तो पांच लाख रुपयों का प्रबंध कर लो।
कौन हो तुम? और यह क्या बकवास है?
यह बकवास नहीं है सेठ, रुपयों का प्रबंध करके तैयार रहो और हमारे अगले निर्देश की प्रतीक्षा करो। और हां, पुलिस को सूचना देने की मूर्खता न करना।
इतना कहकर फोन बंद कर दिया गया।

सेठ रामलाल तुरंत ही अपनी कोठी पहुंचे, जहां उनकी पत्नी पहले ही पुलिस बुला चुकी थी।
थैंक्स गॉड! मेरी पत्नी तो यहीं मौजूद है।
आ गए आप। कुछ बदमाश हमारी एक मेहमान को पकड़कर ले गए हैं।
मेहमान को? ओह, तो वह तुम्हारे धोखे में किसी और को ले गए हैं। कौन थी वह?
हवलदार बहादुर की पत्नी।
क्या? बदमाश हमारे हवलदार की पत्नी को ले गए हैं?
जी हां, मैंने उनको दावत पर बुलाया था। और उन्हें यहां बिठाकर नहाने चली गई थी। इसी बीच बदमाश उन्हें ले गए।
और बदमाशों ने उनको वापस करने की फिरौती पांच लाख रुपये मांगी है।
उधर हवलदार बहादुर थाने में अपने डेस्क पर बैठे खर्राटे भरने में व्यस्त थे।
खर्र... खर्र... खर्र...
इंस्पेक्टर खड़गसिंह वापस थाने पहुंचा।
हवलदार बहादुर, उठो।

स...सर ! मा... माफ कीजिए, जरा आंख लग गई थी।
कोई बात नहीं हवलदार, आज मैं तुम्हें डाटूंगा नहीं।
धन्यवाद सर! तो मैं सो जाऊं?
सोने से पहले यह नहीं पूछोगे कि मैं कहां से आ रहा हूं?
भला मैं कैसे पूछ सकता हूं सर? आप अफसर हैं, कहीं से भी आ सकते हैं और कहीं भी जा सकते हैं। ही... ही... ही!
मैं सेठ रामलाल की कोठी से आ रहा हूं हवलदार बहादुर।
ओह ! तो आप वहां दावत खाने गए थे। मेरी पत्नी भी वहां गई हुई है। आपसे मिली होगी?
नहीं, मैं तुम्हें यह बताना चाह रहा हूं कि कुछ बदमाशों ने सेठजी की पत्नी का अपहरण करने की कोशिश की और...!
और क्या सर?
सेठजी की पत्नी के धोखे में उन्होंने तुम्हारी पत्नी का अपहरण कर लिया है।
मेरी पत्नी का?
हां हवलदार, तुम्हारी पत्नी इस समय बदमाशों के चंगुल में है।

यह आप क्या कह रहे हैं सर? अब मेरा क्या होगा? हाय! मेरी पत्नी। मेरी चम्पाकली, तू कहां चली गई? बू...हू...हू।
धैर्य रखो हवलदार, हम तुम्हारी पत्नी को बदमाशों से छुड़ाने की पूरी कोशिश कर रहे हैं। किसी को यह नहीं बताया गया है कि बदमाश गलत महिला को ले गए हैं। सेठ रामलाल भी हमें पूरा सहयोग दे रहे हैं। बदमाशों ने पांच लाख की फिरौती मांगी है।
पांच लाख! अरे, हाय रे। कहां से लाऊंगा मैं इतने रुपये? फिरौती नहीं दी तो वह मेरी पत्नी को मार डालेंगे और मैं विधवा हो जाऊंगा। बू...हू...हू!
विधवा नहीं बेवकूफ, रंडवा... रंडवा।
लेकिन मैं रंडवा नहीं होना चाहता सर!
चिंता न करो। हम तुम्हें रंडवा नहीं होने देंगे। हमें बदमाशों के अगले निर्देश की प्रतीक्षा है। देखना है, वह रुपया कहां मंगाते हैं?
लेकिन उनको देने के लिए रुपया कहां से आएगा?
रुपये का प्रबंध सेठजी ने कर लिया है। बदमाशों से वह यही जाहिर करेंगे, जैसे उन्हीं की पत्नी का अपहरण हुआ है। वैसे हमें बदमाशों का जो हुलिया मालूम हुआ है, उसके आधार पर हमने उनकी तलाश शुरू करा दी है।
मैं भी उनकी तलाश करूंगा सर! मुझे भी उनका हुलिया बताइए।
इंस्पेक्टर ने उनको बदमाशों के विषय में विस्तार से बता दिया।

अगली सुबह सेठ रामलाल की कोठी पर बदमाशों का फोन आया।
क्यों सेठ, रुपया तैयार है?
हां।
गुड! अब जरा ध्यान से सुनो। आज रात आठ बजे तुम रुपयों का ब्रीफकेस लेकर अपनी कोठी से निकलोगे और अपनी कार में बैठकर रामनगर की ओर चलोगे। रास्ते में किसी जगह तुम्हें टार्च से सिगनल दिया जाएगा। तुम गाड़ी रोकोगे और ब्रीफकेस सिगनल देने वाले के हवाले कर दोगे। समझ गए?
हां, समझ गया।
एक बात और समझ लो। अगर तुमने पुलिस की मदद ली तो हम तुम्हारी पत्नी को मार डालेंगे। याद रहे, आठ बजे तुम घर से अकेले निकलोगे।
फिर फोन बंद कर दिया गया।
कुछ देर बाद सेठ रामलाल पुलिस स्टेशन में इंस्पेक्टर खड़गसिंह के सामने बैठे थे।
अब बताइए क्या करना है?
आपको आठ बजे रुपया लेकर जाना होगा सेठजी!
लेकिन...
घबराइए नहीं, ब्रीफकेस में असली रुपए रखने की जरूरत नहीं है। मैंने नकली नोटों का प्रबंध कर लिया है, बल्कि साथ ले जाने वाला ब्रीफकेस भी पुलिस डिपार्टमेंट आपको उपलब्ध कराएगा।
वह तो ठीक है इंस्पेक्टर, लेकिन क्या ऐसा नहीं हो सकता कि आप मेरे स्थान पर किसी पुलिस वाले को भेज दें?
आप शायद डर रहे हैं सेठजी, लेकिन यह काम तो आपको ही करना होगा। निश्चिंत रहिए, पुलिस आपसे अधिक दूर नहीं रहेगी।

फिर भी मुझे डर लग रहा है इंस्पेक्टर साहब! नकली नोट पाकर बदमाश मुझे गोली भी मार सकते हैं। अतः बेहतर यही है कि आप मेरी जगह हवलदार बहादुर को भेजिए, क्योंकि अपहरण होने वाली महिला उसी की पत्नी है।
लेकिन उसका अपहरण आपकी कोठी से हुआ है और आपकी पत्नी के धोखे में हुआ है, इसलिए आपका यह फर्ज है कि हवलदार बहादुर की पत्नी को छुड़ाने में आप हमारा सहयोग करें।
ठीक है, इंस्पेक्टर साहब!
उधर हवलदार बहादुर पूरे शहर में घूम-घूमकर बदमाशों को तलाश कर रहे थे।
हवालात में बंद करके सड़ा दूंगा सालों को। एक-एक को देख लूंगा।
लगता है, हवलदार पागल हो गया है।
हो क्या गया है, वह तो है ही पागल।
इधर आओ तुम दोनों।
क्या बात है जी?
क्या हमसे कोई गलती हो गई हुजूर?
हुजूर के बच्चे! मुझे पागल किसने कहा था?
इसने कहा था साहब।
नहीं, इसी ने कहा था।

हवालात में बंद करके सड़ा दूंगा सालो।
म... माफी सरकार।
दया हुजूर।
अच्छा ठीक है। मैं तुम्हें माफ करता हूं, लेकिन जो मैं पूछूं उसका ठीक-ठीक उत्तर देना।
पूछिए सरकार।
मुझे एक ऐसे अपराधी की तलाश है जिसका कद साढ़े छः फुट लम्बा है और उसके गाल पर पुराने घाव का लम्बा निशान है। इस क्षेत्र में बहुत से अपराधी रहते हैं। क्या तुममें से किसी ने मेरे बताए हुए हुलिए के व्यक्ति को कभी देखा है?
दोनों बंदे सोच में पड़ गए, फिर एक बोला—
ऐसा व्यक्ति हमारे इलाके में तो नहीं है, लेकिन इस हुलिए के व्यक्ति को मैंने पुरानी हवेली के पास देखा था।
पुरानी हवेली?
पुरानी हवेली शहर के निकास पर है हवलदार साहब। मेरा उस हवेली के सामने से अक्सर गुजरना होता है। मैंने कई बार उस व्यक्ति को वहां देखा है, जैसा आपने बताया है।
फिर तो मुझे उस हवेली को जाकर देखना चाहिए।
लेकिन वहां जाने से पहले मुझे अपना हुलिया बदल लेना चाहिए। पुलिस की वर्दी में जाना उचित नहीं होगा।
हवलदार को सोच में डूबा देखकर वह दोनों बंदे वहां से खिसक लिए थे।

उधर शाम आठ बजे सेठ रामलाल पुलिस द्वारा दिया गया ब्रीफकेस लेकर अपनी कोठी से निकले।
इंस्पेक्टर ने कहा था कि वह मुझसे अधिक दूर नहीं रहेगा।
सड़क पर आते ही उन्हें इंस्पेक्टर खड़गसिंह नजर आ गया।
इंस्पेक्टर!
अब सेठजी संतुष्ट थे।
इंस्पेक्टर पीछे आ रहा है, इसलिए अब मुझे कोई खतरा नहीं है।
इंस्पेक्टर खड़गसिंह काफी दूरी रखकर सेठजी की कार का पीछा कर रहा था।
रामनगर के रास्ते मे जगह-जगह पुलिस के आदमी छुपे हुए हैं। वह बदमाश जैसे ही सेठ की गाड़ी रोकेंगे, उन्हें धर-दबोचा जाएगा।
रामनगर जाने वाली सड़क के दोनों ओर चट्टानों का सिलसिला फैला हुआ था।
बदमाश इन्हीं चट्टानों में कहीं छुपे हुए होंगे।
सेठजी काफी चौकन्ने रहकर गाड़ी ड्राइव कर रहे थे।
मैं रामनगर के निकट पहुंचने वाला हूं, लेकिन अभी तक किसी ने सिगनल नहीं दिया।

रामनगर शहर में प्रविष्ट होकर सेठ ने चाय के एक स्टॉल के निकट गाड़ी रोकी।
पर्मा टी स्टाल
बदमाशों ने सिगनल क्यों नहीं दिया? क्या उन्हें कुछ शंका हो गयी है?
कुछ ही मिनट बाद इंस्पेक्टर खड़गसिंह की गाड़ी भी पहुंच गई।
इंस्पेक्टर भी आ गया है।
क्या हुआ सेठजी?
किसी ने रुकने का सिगनल ही नहीं दिया।
तो आप तुरंत वापस रवाना हो जाइए। शायद वापसी में सिगनल मिले।
ओ. के.।
लेकिन वापसी में भी कहीं रुकने का सिगनल नहीं मिला था।
शायद बदमाशों ने मेरे साथ मजाक किया है।
सेठजी जैसे ही अपनी कोठी में प्रविष्ट हुए, फोन की घंटी बजी—
ट्रिन ट्रिन

सेठ रामलाल।
हैलो!
सेठजी ने तुरंत पहचान लिया कि यह उसी बदमाश की आवाज है।
मैं अभी रामनगर से वापस आ रहा हूं मिस्टर। अगर तुम्हें सामने नहीं आना था तो मुझे वहां भेजने का मजाक क्यों किया?
यह मजाक नहीं था सेठ, बल्कि रिहर्सल थी। हम यह देखना चाहते थे कि तुमने पुलिस के साथ मिलकर कोई जाल तो नहीं फैलाया हुआ?
फिर क्या देखा तुमने?
हम पूरी तरह संतुष्ट नहीं हैं। कल दिन में तुम्हें फिर फोन करेंगे। और हमारा फोन सुनने के बाद पांच मिनट के अंदर-अंदर तुम्हें रुपया लेकर हमारे बताए हुए स्थान के लिए निकलना होगा।
इतना कहकर फोन बंद कर दिया गया।
उधर हवलदार बहादुर देहाती व्यक्ति का हुलिया बनाए पुरानी हवेली के सामने एक पेड़ पर चढ़े बैठे थे।
सारी रात हो गई इस पेड़ पर बैठे, लेकिन अभी तक वह बदमाश नजर नहीं आया।
लेकिन इस हवेली में कुछ रहस्यमय लोग जरूर रहते हैं। रात भर यहां लोगों का आना-जाना लगा रहा है।

तभी हवेली से दो व्यक्ति बाहर निकले—
यह तो इधर ही आ रहे हैं।
वह दोनों उसी पेड़ के नीचे आकर रुक गए।
उस्ताद पैड्रो तो कल शाम से लौटे ही नहीं। कहकर गए थे कि माल पैक कराने के लिए कुछ मजदूरों को भेजेंगे, लेकिन न कोई मजदूर आया और न ही खुद आए।
उस्ताद पैड्रो जिस काम के लिए गए हुए हैं, वह काफी खतरे वाला और मुश्किल काम है। शायद इसीलिए मजदूर भेजने की बात वह भूल गए हैं।
लेकिन हमारा काम तो मजदूरों के बिना रुका हुआ है...
...खैर, मैं खुद जाकर कुछ मजदूर पकड़ लाता हूं। शाम तक माल पैक न हुआ तो मुश्किल हो जाएगी।
यह ठीक है। तुम जाकर मजदूर ले आओ। मैं हवेली में ही रुकता हूं।
उन दोनों के जाने के बाद—
यह उस्ताद पैड्रो कौन है? और वह दोनों किस माल को पैक करने की बात कर रहे थे?
फिर हवलदार ने सोचा—
मुझे मजदूर बनकर हवेली में जाना चाहिए। अगर मेरी चम्पाकली को इन्हीं लोगों ने अपहरण किया है तो वह यहीं होगी।

मैं आ रहा हूं चम्पाकली।
फिर वह सीधे हवेली में प्रविष्ट हो गए।
यहां तो कोई बंदा दिखाई नहीं दे रहा है।
तभी—
ओय, कौन है तू?
म...म... मैं मजदूर हूं जी! उस्ताद पैड्रो ने भेजा है।
ओह! उस्ताद ने भेजा है।
और उसने हवलदार को हवेली के भीतर एक हॉल में पहुंचा दिया।
कौन है यह?
मजदूर है खलीफा। उस्ताद पैड्रो ने भेजा है।

तुम्हें उस्ताद पैड्रो ने भेजा है?
हां जी। उन्होंने कहा था यहां कुछ माल की पैकिंग वगैरह होनी है।
लेकिन तुम अकेले क्यों आए हो? उस्ताद को तो आठ-दस मजदूर भेजने थे।
मुझे कुछ पता नहीं बाऊजी! कल शाम उस्ताद पैड्रो मुझे शहर में मिले थे और यहां का पता बताकर कहा था कि सुबह यहां पहुंच जाऊं, मुझे काम मिल जाएगा।
अच्छा ठीक है।
गोगा, इसे ऊपर हॉल में पहुंचा दो और पेटियां ठोकने के काम पर लगा दो।
गोगा के साथ ऊपर जाते हुए हवलदार ने हवा में तीर चलाया।
सेठ रामलाल की पत्नी को भी यहीं कैद कर रखा है न?
हां, अरे...रे! तुम यह कैसे जानते हो?
'हां' कहने के बाद गोगा बुरी तरह चौंका था।

मुझे उस्ताद पैड्रो ने बताया था कि यहां सेठ की पत्नी को बंदी बनाकर रखा गया है।
तो मैं अपनी चम्पाकली को ढूंढने में सफल हो गया हूं।
ऊपर वाले हॉल में पहुंच कर —
यह पेटियां ठोकनी हैं तुम्हें।
हवलदार ने चारों ओर नजर घुमाई।
चरस! तो यह धंधा चल रहा है यहां। चरस के पैकेट बनाए जा रहे हैं, फिर इन्हें पेटियों में पैक करके कहीं भेजा जाएगा।
ऐ, क्या सोच रहे हो?
क... कुछ नहीं।
तो फिर काम शुरू कर दो। दोपहर तक पच्चीस पेटियां तैयार हो जानी चाहिए।
हवलदार को काम पर लगाने के बाद गोगा नीचे पहुंचा।
खलीफा, मुझे कोई गड़बड़ लगती है।
कैसी गड़बड़ बे?

वह नया मजदूर सेठ की पत्नी के बारे में पूछ रहा था।
क्या?
उधर गोगा के जाने के बाद —
तुम लोग यहां कब से काम कर रहे हो भाइयो?
यहां आपस में बात करने की इजाजत नहीं है। चुपचाप अपना काम करो।
इन लोगों से कुछ जान लेना मुश्किल है। मुझे खुद ही चम्पाकली को तलाश करना होगा।
ठक... ठक
कुछ देर बाद हवलदार ने हथौड़ी नीचे रखी और दरवाजे की ओर बढ़े।
ऐ, कहां जा रहे हो तुम?
सू-सू।

वह बाहर कॉरीडोर में निकल आए।
यहां बहुत से कमरे हैं। चम्पाकली इन्हीं में कहीं बंद होगी।
और उन्होंने एक-एक करके कमरों में झांकना शुरू किया।
यह तो खाली है।
अपने काम में वह इतने व्यस्त थे कि पीछे आकर खड़ी हुई मुसीबत को महसूस ही नहीं कर सके थे।
और जब वह पलटे—
अरे! बाप रे!
अंदर क्या देख रहा था बे?
क...क... कुछ नहीं जी। बस ऐसे ही। ही... ही... ही!

ढिशुम
हाय!
सच बता कौन है तू? और तुझे कैसे पता चला कि सेठ की पत्नी यहां कैद है?
म...मुझे उस्ताद पैड्रो ने बताया था।
झूठ बोलता है साले। तू जरूर पुलिस का जासूस है।
नहीं जी, मैं तो मजदूर हूं।
इसको मेरे हवाले कर दो खलीफा। साले की ऐसी धुकाई करूंगा कि सब सच-सच बता देगा।

नहीं गोगा, इससे हम उस्ताद पैड्रो के आ जाने पर ही निपटेंगे। फिलहाल इसे...
भी उसी कमरे में बंद कर दो जहां सेठ की पत्नी कैद है।
चल बे।
चलो प्यारे, मैं तो खुद अपनी चम्पाकली के दर्शन करने के लिए बेचैन हूं।
गोगा ने हवलदार को एक कमरे में धकेलकर बाहर से दरवाजा बंद कर दिया।
तुम?
धाड़
चम्पाकली, आखिर मैंने तुझे ढूंढ ही लिया। तू मुझे छोड़कर यहां क्यों आ गई?
मैं खुद नहीं आई जी। यह बदमाश पकड़ लाए मुझे सेठानी के धोखे में।

मैंने तो तुझे पहले ही मना किया था कि पांच हजार की साड़ी और बीस हजार के गहने मत पहन। मगर तुझे तो सेठानी बनने का शौक था न।
यह बात छोड़ो जी। और बताओ कि तुम यहां कैसे पहुंचे? क्या यह लोग तुम्हें भी पकड़कर लाए हैं?
मुझे कोई नहीं पकड़ सकता। मैं तो तुझे ढूंढ़ता हुआ यहां तक पहुंचा हूं।
अब मैं इसे यह क्यों बताऊं कि तुक्के में यहां तक पहुंच गया हूं। अगर वह बंदा मुझे पागल न कहता और मैं उसे पकड़ न लेता तो यहां मेरे फरिश्ते भी नहीं पहुंच सकते थे।
उधर सेठ रामलाल को फोन पर आदेश मिला—
सेठ, रुपयों का ब्रीफकेस लेकर पांच मिनट के भीतर कोठी से निकलो और कार में बैठकर एक बार फिर रामनगर की तरफ रवाना हो जाओ। रास्ते में तुम्हें सिगनल दिया जाएगा।
सेठजी जानते थे कि पुलिस ने उनका फोन टेप किया हुआ है और बदमाशों का संदेश सुन लिया गया होगा, इसलिए वह समय नष्ट किए बिना कोठी से निकल गए।

एक बार फिर उनकी कार रामनगर की ओर दौड़ रही थी।
इंस्पेक्टर खड़गसिंह कहीं दिखाई नहीं दिया। पता नहीं उसने फोन सुना भी है या नहीं?
सेठजी को पता नहीं था कि आकाश में उड़ रहे एक हैलीकॉप्टर में इंस्पेक्टर खड़गसिंह उनका पीछा कर रहा था।
पायलट, सेठ की कार नज़रों से ओझल नहीं होनी चाहिए।
सेठजी अपनी कार में रामनगर पहुंच चुके थे।
इस बार भी कोई सिगनल नहीं दिया कम्बख्तों ने।
WELCOME TO RAM NAGAR
वापस चलता हूं।

सेठजी वापस जा रहे हैं। पता नहीं वह बदमाश क्या चाहते हैं? क्या इस बार भी वह रिहर्सल ही करा रहे हैं?
वापस शहर पहुंचने तक कोई सिग्नल नहीं मिला था।
अब मैं इस चक्कर में और नहीं पड़ूंगा। बदमाशों का फोन आएगा तो साफ कह दूंगा कि उन्होंने मेरी पत्नी का अपहरण नहीं किया है।
CiTY
और जब सेठजी ने अपनी कोठी के सामने गाड़ी रोकी—
ब्रीफकेस दो सेठ, जल्दी।
सेठ ने घबराकर ब्रीफकेस उसके हवाले कर दिया। ब्रीफकेस लेकर गुंडा पास की एक गली में प्रविष्ट हो गया।

ब्रीफकेस लेकर वह गली में दौड़ता चला गया। गली के दूसरी ओर एक जीप में उसके साथी मौजूद थे।
उस्ताद पैड्रो आ गए।
उस्ताद पैड्रो के बैठते ही जीप तेजी से रवाना हो गई।
उधर हवेली में—
लो, खाना खाओ। हम अपने कैदियों को भूखा नहीं रखते।
जैसे ही गोगा चारपाई पर ट्रे रखने के लिए झुका।
धाड़
आ...ई...ई!

यह क्या कर दिया भागवान? उसकी तो खोपड़ी फूट गई है।
जो काम तुम्हें करना चाहिए था, मैंने कर दिखाया है। अब इसकी बंदूक उठा लो।
ब... बंदूक। मगर हम इसका क्या करेंगे? नीचे खलीफा भी तो है।
खलीफा की ऐसी-तैसी। तुम नहीं उठाते तो मैं उठाती हूं बंदूक।
अब चुपचाप मेरे पीछे चले आओ।
सीढ़ियां उतरकर वह नीचे हॉल में पहुंचे।
ओय, यह बंदूक। गोगा कहां है?

उसकी मैंने खोपड़ी फोड़ दी है और अब तेरी बारी है खलीफा के बच्चे।
स..स..सेठानीजी, रुकिए। गोली चल सकती है।
तभी—
यह क्या हो रहा है?
उस्ताद पैड्रो, मुझे बचाओ।
बंदूक फेंक दो सेठानी। अब हमारा आपसे कोई झगड़ा नहीं है।
नहीं चम्पाकली, बंदूक मत फेंकना।
तू कौन है बे?

यह हवलदार बहादुरसिंह हैं। और मैं इनकी पत्नी हूं। सेठानी के धोखे में तुम लोग मुझे पकड़ लाए थे गधो।
ओह!
उस्ताद पैड्रो की आंखें आश्चर्य से फैल गईं।
अगर तुम सेठ की पत्नी नहीं हो तो उसने मुझे पांच लाख रुपये क्यों दिए?
ब्रीफकेस खोलकर देखो उस्ताद। सेठ ने शायद हमें धोखा दिया है।
तभी–
धांय
उफ!
कोई अपनी जगह से नहीं हिलेगा।
लेकिन हम तो हिल सकते हैं न सर! ही... ही. ही ..ही!

तुम! तुम कैसे यहां पहुंच गए हवलदार ?
अपनी पत्नी को तलाश करते हुए पहुंचे हैं साहब! यह बदमाबा सिर्फ लोगों का अपहरण ही नहीं करते, बल्कि चरस का धंधा भी करते हैं। मैं इनको गिरफ्तार करने ही वाला था कि आप आ गए।
लेकिन तुम यहां पहुंचे कैसे इंस्पेक्टर?
ब्रीफकेस प्राप्त करने की तुमने तरकीब तो अच्छी लड़ाई थी। कोई सोच भी नहीं सकता था कि दो बार रामनगर तक दौड़ाने के बाद तुम सेठजी की कोठी के बाहर ही ब्रीफकेस उचक लोगे। लेकिन हमने भी कच्ची गोलियां नहीं खेली थीं। हमने ब्रीफकेस में एक ट्रांसमीटर छुपा दिया था...
... और उसमें भरे रुपए भी नकली हैं। ट्रांसमीटर के सिगनल्स द्वारा ही हम तुम्हारा पीछा करते हुए यहां पहुंचे हैं।
और मैं तो सिर्फ अपनी चम्पाकली की खुशबू सूंघता हुआ ही यहां तक पहुंचा हूं।
चुप रहो जी।
हा...हो...हा...
जितेंद्र बेदी

समाप्त